致敬译界巨匠许渊冲先生

许渊冲译
李煜词选

SELECTED LYRICS OF LI YU

| 编 | 译 |

中国出版集团
中译出版社

目录 Contents

| 译序

002 渔父词
A Fisherman's Song

004 菩萨蛮
Buddhist Dancers

006 阮郎归
The Lover's Return

008 采桑子
Song of Picking Mulberries

010 清平乐
Pure Serene Music

012 谢新恩
Gratitude for New Bounties

014 采桑子
Song of Picking Mulberries

016 菩萨蛮
Buddhist Dancers

018 长相思
Everlasting Longing

020 蝶恋花
Butterflies in Love with Flowers

022 喜迁莺
Migrant Orioles

024 捣练子
Song of the Washerwoman

026 柳枝词
Willow Branch Song

028 浣溪沙
Silk-washing Stream

030 一斛珠
A Casket of Pearls

032 玉楼春
Spring in Jade Pavilion

034 菩萨蛮
Buddhist Dancers

036 菩萨蛮
Buddhist Dancers

038 谢新恩
Gratitude for New Bounties

040 虞美人
The Beautiful Lady Yu

042 临江仙
Immortals at the River

044 破阵子
Dance of the Cavalry

046 梦江南
Dreaming of the South

048 子夜歌
Midnight Song

050 虞美人
The Beautiful Lady Yu

052 浪淘沙
Ripple Sifting Sand

054 乌夜啼
Crows Crying at Night

056	浪淘沙	Ripples Sifting Sand
058	乌夜啼	Crows Crying at Night
060	乌夜啼	Crows Crying at Night
062	望江南	Gazing on the South
064	捣练子	Song of the Washerwoman
066	谢新恩	Gratitude for New Bounties
068	临江仙	Riverside Daffodils
070	谢新恩	Gratitude for New Bounties
072	长相思	Everlasting Longing
074	后庭花破子	Flowers in the Backyard Broken Form
076	三台令	Song of Three Terraces
078	开元乐	Happy Times
080	浣溪沙	Silk-washing Stream

李璟之词（四首）

Four Lyrics of Li Jing (Li Yu's Father)

- 082 应天长
  Endless as the Sky
- 084 望远行
  Gazing Afar
- 086 浣溪沙
  Silk-washing Stream
- 088 浣溪沙
  Silk-washing Stream

译序

诗人臧克家说过：有的人活着，他已经死了；有的人死了，他却还活着。在我看来，南唐后主李煜（937—978）作为亡国之君早已死了，但是作为词人，他的词却流传了一千多年，一直活在人们心里。在全世界几千年的文明史中，有过成千上万的帝王君主，如果要在他们之中选出一个才子诗人来做王中之王，那么，李煜真可以算是千古一君了。

李煜的父亲李璟（916—961）是南唐的小皇帝。公元958年，南唐受到周世宗的威胁，上表称臣，愿意做周的附庸国，除去帝号，改称南唐国主（历史上称他为中主）。李璟多才多艺，喜欢读书，他的词现存四首：《应天长》写无依的苦闷，《望远行》写未遂的心愿，《浣溪沙》两首写深长的愁恨。他的词句很少修饰，层次转折很多，意境阔大，概括力强，感慨深远，对李煜的词有很大的影响。

李煜天资聪颖，又好读书，文章诗词样样精通，并且工书善画，洞晓音律。十八岁时，他和周世宗的女儿娥皇结了婚，就是大周后。娥皇天姿国色，通书史，善音律，还擅歌舞，夫妻感情很好。李煜为她写过一些词，如《采桑子》（亭前春逐红英尽）、《玉楼春》（晚妆初了明肌雪）、《谢新恩》（秦楼不见吹箫女）、《虞美人》（风回小院庭芜绿）等。

大周后生病时,她的妹妹嘉敏入官侍奉,却和李煜私通。李煜写下了三首《菩萨蛮》,这是世界历史上绝无仅有的、帝王亲笔描写自己爱情生活的诗词。最著名的一首"花明月暗笼轻雾",写嘉敏双袜踏地,一手提鞋,在朦胧月色、迷蒙轻雾之中,偷偷地跑到话堂南边来会李煜,一见面就投入了他的怀抱,心还怦怦地跳,身子微微颤抖,向他吐露了火热的真情。这样的描写简直冲破了抒情小词的界限,进入戏剧和小说情节的领域了。由于写的是词人亲身的体会,所以对人有强烈的吸引力,这和今天的总统绯闻并不相同,因为李煜不是逢场作戏,而是真心真爱,在大周后去世后,他就立嘉敏为小周后了。

李煜前期的词多写官廷的豪华生活,爱和美支配了他前期的人生观。他对生活现实刻画得生动入微,如《一斛珠》描写一个歌女,晚上梳妆好了,注了些沉檀香,向人微微露出舌尖,张开小口唱歌,唱了歌又喝酒,酒沾了罗袖污了口,就娇困地靠在绣床上,嚼嚼红绒,笑着向心爱的人吐去。这种细枝末节的描写,写出了歌女的个性,给人鲜明而突出的印象。李煜前期也有离愁别恨,如思念他在宋朝京城做人质的弟弟,写了一首《清平乐》,把抽象的愁恨比作具体的落梅和春草,说落梅"拂了一身还满",仿佛愁恨缠身,拂之不去;又如春草"更行更远还生",说明离愁才去又来,无法排除,显示了自己凄清的情怀。

到了后期,李煜成了亡国之君、阶下之囚,如《破阵子》所写:"最是仓皇辞庙日,教坊犹奏别离歌,挥泪对官娥。"刻画不但精细,而且深刻,情怀不只凄清,而且沉痛。这时他的词概括力很强,拆开来看,各个句子都有独立的意境;合起来看,又表现了同一主题。如《乌夜啼》中的"剪不断,理还乱，是离愁，别是一般滋味在心头"，写的是他"无言独上西楼"时的感受，使人感到的却是普天下的离愁别恨。因为艺术概括性强，感慨也就更深更广了。

李煜后期的词不但概括性强，感慨深远，而且形象性也强。他写人物的心理活动，写人生的观感，写自己的哀愁等抽象的东西，几乎都能用具体的形象显示出来。如"自是人生长恨水长东""流水落花春去也，天上人间""问君能有几多愁？恰似一江春水向东流"，都把愁恨比作流水，把个人的哀伤和自然现象融合为一，仿佛愁恨充满了天地之间，成了全宇宙的愁恨，正是"天长地久有时尽，此恨绵绵无绝期"了。

总之，李煜从最高的君主沦落成为最低的"臣虏"，从客观上讲，很少人有他这种惨痛的经历；从主观上讲，有这种经历的人又没有他的才情。而他却能用血和泪，用自己的生命，写出人生悲剧中的真情实意。因此，李煜词就成为千古绝唱了。

许渊冲译李煜词选
·
·
·

渔 父 词

一

浪花有意千重雪,

桃李无言一队春。

一壶酒,

一竿纶①,

快活如侬有几人?

① 纶(lún):鱼线。

二

一棹②春风一叶舟,

一纶茧缕一轻钩。

花满渚,

酒满瓯,

万顷波中得自由。

② 棹(zhào):船。

《渔父词》是李煜早期的作品。第一首英译文可以还原为中文:"滔天的白浪渴望着成为漫天的白雪,春天展示了一行一行默默无言的桃树和李树。一根钓竿和一壶酒陪伴着我,世界上有谁能夸口说比我过得更快活呢?"

A Fisherman's Song

I

White-crested waves aspire to a skyful of snow;

Spring displays silent peach and plum trees in a row.

A fishing rod,

A pot of wine,

Who in this world can boast of happier life than mine?

II

The dripping oar, the vernal wind, a leaflike boat,

A light fishhook, a silken thread of fishing line,

An islet in flowers,

A bowl of wine,

Upon the endless waves with full freedom I float.

第二首《渔父词》的英译文也可回译如后:"船桨划水,在春风中划着一叶扁舟;一个轻轻的钓钩系在粗丝的钓线上。看着鲜花盛开的小岛,喝着满满的一碗酒,在无边无际的波涛上我自由自在地漂流。"

菩 萨 蛮

寻春须是先春早,
看花莫待花枝老。
缥色①玉柔擎,
醅②浮盏面清。

① 缥 (piǎo) 色：青白色的酒。
② 醅 (pēi)：酒。

何妨频笑粲③？
禁苑④春归晚。
同醉与闲平,
诗随羯鼓⑤成。

③ 粲：大笑的样子。
④ 禁苑：古代皇帝居住的庭院。
⑤ 羯 (jié) 鼓：古代的一种打击乐器。

这首词又名《子夜歌》，写的是春天里在御花园中饮酒赋诗的闲情逸趣。开首由人生应该及时行乐说起，第一句的"寻春"并不是寻找春天的意思，而是应该寻欢作乐，不要辜负了大好春光。第二句很像唐诗《金缕衣》中的"花开堪折直须折，莫待无花空折枝"。后面两句是写嫔妃或宫女斟酒，意思是：玉手把盏，盏面清澈，让我们饮酒吧。原文最后一个字磨灭了，看不清楚，"清"字是《历代诗余》加上去的。

Buddhist Dancers

Enjoy a vernal day ere it passes away;

Admire the lovely flowers at their loveliest hours!

Drink cups of wine undistilled,

By white jadelike hands filled!

Why not make merry while we may?

In royal garden spring will longer stay.

We drink, talk freely and complete

Our verse as drums begin to beat.

　　后段开头的"何妨"二字也是《历代诗余》加的。"频笑粲"是粲然大笑,笑得露出了牙齿。"禁苑"是帝王的花园。"春归晚"是把春天拟人化,说春天舍不得离开御花园。最后两句话中的"闲平"也作"闲评",是随便评论的意思。"羯鼓"是匈奴的一种乐器,形状像个漆桶,下面有个牙状支撑,两头都可以用鼓杖敲击。诗人作诗时开始奏乐,击鼓时要交卷,没有作完诗的要受罚。这就是一千年前的诗酒生活。

阮 郎 归

东风吹水日衔山,
春来长是闲。
落花狼藉酒阑珊,
笙歌醉梦间。

佩声悄,
晚妆残,
凭谁整翠鬟?
留连光景惜朱颜,
黄昏独倚阑。

　　《阮郎归》的上阕英译文可以还原为中文如后:"在东风吹皱了的湖水之外,远山把落日吞下去了;春天已经来到,还是一事无成。落花满地乱堆,酒已喝完,郑王妃只好沉醉在笙歌梦幻之中。"下阕则是:"她默默无言,佩环也没有响声,晚妆已经卸了,叫她为谁梳妆打扮呢?时光流逝,红颜易老,她只好独自倚着栏杆去看夕阳落山了。"

The Lover's Return

Beyond wind-rippled water hills swallow the sun;

Spring's come, still nothing can be done.

Fallen blooms run riot; wine drunk,

Drowned in flute songs, in dream the princess is sunk.

Without a word.

No tinkling heard,

Her evening dress undone.

For whom has she to dress her hair?

With fleeting time will fade the fair.

Alone she leans on rails before the dying sun.

采桑子

辘轳①金井梧桐晚,
几树惊秋。
昼雨新愁,
百尺虾须②在玉钩。

琼窗春断双蛾皱,
回首边头。
欲寄鳞游,
九曲寒波不溯流。

① 辘(lù)轳(lú):古代一种在深井打水的器具,通过缠绕的绳子来取水。

② 虾须:因帘子的模样像虾的胡须,这里指帘子。

《采桑子》的上片英译文可以回译如后:"傍晚时分,辘轳金井旁的寂寞梧桐在秋风中瑟瑟发抖。一阵急雨带来了新的愁闷,挂在玉钩上的长帘仿佛在等待明天。"下片则是:"她在窗前看着春天离去,不禁皱起了眉头,她的相思也长上了翅膀。她想把梦寄给远方的他,但是弯弯曲曲的黄河向东流去的寒冷波浪,怎能逆流而上给她把信带去西边呢?"

Song of Picking Mulberries

Beside the windlassed well at dusk the lonesome trees

Are trembling in the autumn breeze.

A shower brings new sorrow;

The hooked curtain hangs up, waiting for the morrow.

She frowns before the window at departing spring,

Her longing on the wing.

She'd send to him her dream;

The winding river's cold waves won't bear it upstream.

这首词中的她,如果理解为郑王妃,那么他就指郑王,恰好郑王那时在汴京做人质,在黄河的上游,所以说送信不能逆流而上,也正合适。不过词中人究竟是谁并不重要,那是个"真"的问题,是个性的问题;而离愁别恨却是人多有之的共性,是个"美"的问题。在翻译时,"真"是低标准,"美"是高标准。

清 平 乐

别来春半,

触目愁肠断。

砌下落梅如雪乱,

拂了一身还满。

雁来音信无凭,

路遥归梦难成。

离恨恰如春草,

更行更远还生。

《清平乐》是李煜早期词中最著名的一首。现将上片的英译文还原为中文如下:"自从我们两人分离之后,春天已经过了一半。我现在无论看到什么,都只会觉得心碎。台阶下的梅花纷纷飘落,就像飘飘扬扬的雪花落在我的身上,我刚把花轻轻刷掉,又落满了我一身。"上片把离愁比作梅花,下片却把别恨比作春草,说:"雁声没有带来你的信息,即使在梦中也不见你归来,因为路太远了。离恨就像春天的青草,唉!无论你走到哪里,它都会在那里生长。"

Pure Serene Music

Spring has half gone since we two parted;
I can see nothing now but broken-hearted.
Plum blossoms fall below the steps like whirling snow;
They cover me still though brushed off a while ago.

No message comes from the wild geese's song;
In dreams you cann't come back for the road is long.
The grief of separation like spring grass
Grows each day you're farther away, alas!

谢 新 恩

樱花落尽阶前月,
象床愁倚薰笼。
远似去年今日,
恨还同。

双鬟不整云憔悴,
泪沾红抹胸①。　　　　　　　　① 抹胸：肚兜。
何处相思苦?
纱窗醉梦中。

    这是一幅美人相思图。前段第一句写外景,"樱花"满地,表示春天就要过去,阶前只剩月光。第二句写内景,美人坐在象牙床上,斜靠着薰炉的笼子。第三句从空间转到时间,说明相思不止一年,更增加了愁恨的深度。

    后段第一、二句是对美人外形的特写：头发没有梳妆,好像乱云一般,眼泪流得把贴身的内衣都沾湿了。第三句点明主题是"相思苦"。最后人和景物合而为一,仿佛纱窗也和美人一样,因愁而酒,因酒而醉,因醉而梦,梦中还为相思而苦,可以说是把相思写活了。

Gratitude for New Bounties

On moonlit steps, oh, all
The cherry blossoms fall.
Lounging upon her ivory bed, she looks sad
For the same regret this day last year she had.

Like languid cloud looks her dishevelled head;
With tears is wet her corset red.
For whom is she lovesick?
Drunk, she dreams with the window curtain thick.

采 桑 子

亭前春逐红英①尽,　　　　　　　① 红英: 红花。
舞态徘徊。
细雨霏微,
不放双眉时暂开。

绿窗冷静芳音断,
香印成灰。
可奈情怀?
欲睡朦胧入梦来。

  这首词的英译文可解释如后:"即将离去的春天催促红花纷纷落下,红花依依不舍地跳着离别之舞。在蒙蒙细雨中,虽然我想放松紧皱的眉头,眉头却又皱起来了。在我孤寂的窗下,整天音信渺茫。炉香烧成了灰,叫我如何能摆脱这春天的愁思?我想逃入睡乡,哪里知道春愁也进入了我的梦中!"译文中的春愁既可以实指,也可以联想起大周后,这就可以表达原词的意美。

Song of Picking Mulberries

Red blooms are driven down by the departing spring,
Dancing while lingering.
Though in the drizzling rain,
I try to unknit my eyebrows, they're knit again.

No message comes to lonely windows all the day,
The incense burned to ashes grey.
How can I from spring thoughts be free?
I try to sleep, but in my dream spring comes to me.

菩 萨 蛮

铜簧韵脆锵①寒竹,
新声慢奏移纤玉。
眼色暗相钩,
秋波横欲流。

雨云②深绣户,
来便③谐衷素④。
宴罢又成空,
魂迷春梦中。

① 锵(qiāng):锵然的声音。

② 雨云:带着雨的云,这里指男欢女爱。

③ 便:立刻,马上。

④ 衷素:内心的真情。素:通"愫",真心,真情。

这首《菩萨蛮》写李后主背着大周后,和她的妹妹(小周后)私通的情景。上片先写笙歌传情,说乐器竹管中的铜片振动,在寒冷的空气中发出了清脆铿锵的乐声。小周后的纤纤玉指慢慢移动,随意奏出了新的乐曲。他们两个人偷偷地眉目传情,情欲随着眼色像秋天的波浪一样从眼角流露出来。下片回忆他们的幽会,满足了他们朝思暮想的夙愿。但是酒宴之后,似乎一切都成了空,只有后主的迷魂沉醉在春梦之中。

Buddhist Dancers

The crisp bamboo with brass reeds tinkles in cold air;
New music is slowly played by her fingers fair.
In secret we exchange amorous looks;
Like autumn waves desire o'erflows its nooks.

Clouds bring fresh showers for the thirsting flowers
And gratify the sweet desire of ours.
After the feast all vanishes, it seems;
Still is my soul enchant'd in vernal dreams.

上片第四句的"秋波"就是第三句的"眼色",这里译成传情的眼色如秋波泛滥,是把"秋波"的本义和隐义都译出来了。下片第一句说云把甘霖带给如饥似渴的花朵,灵活运用了英国诗人雪莱的名诗《云》中的第一句。不过雪莱诗中的"云雨"并没有中国诗中"云雨"所包含的男欢女爱的意思;但是用在这里,却非常巧妙而婉转地表达了李煜词中的含义。

长 相 思

云^①一绺^②,玉一梭^③,
淡淡衫儿薄薄罗^④,
轻颦双黛螺^⑤。

秋风多,雨相和,
帘外芭蕉三两窠^⑥,
夜长人奈何!

① 云:妇女盘起的头发如云状。
② 一绺:即一束。这里指饰发用的紫青色丝带。
③ 梭:原意是织布的梭子,这里用以比喻玉簪。
④ 罗:丝罗,罗裙。
⑤ 黛螺:《龙洲集》中作"翠娥"。黛螺,又名黛子螺。古代女子画眉用的螺形黛黑,亦称螺黛。因其用来画眉,所以常用以作妇女眉毛的代称。
⑥ 窠(kē):同"棵"。

这首《长相思》是李煜写美人的小词。上片写她的形象:头发如云,插着玉簪,穿着淡色的薄罗衫,微微皱起双眉。为什么呢?下片就说在秋风秋雨中,窗帘外有几棵寂寞的芭蕉在瑟瑟抖料。叫她如何度过这漫漫的长夜啊!最后点明了相思的主题。原词第一句没有说明是头发,译文如只形似,那就不能意似,所以这时应该舍形取意。

Everlasting Longing

Her cloudlike hair

With jade hairpin,

In dress so fair

Of gauze so thin,

Lightly she knits her brows dark green.

In autumn breeze

And autumn rain,

Lonely banana trees

Tremble outside the window screen.

Oh! How to pass a long, long night again!

蝶 恋 花

遥夜①亭皋②闲信步。
乍过清明,
渐觉伤春暮。
数点雨声风约住,
朦胧淡月云来去。

桃李依稀春暗度。
谁上秋千,
笑声低低语?
一寸芳心千万缕,
人间没个安排处。

① 遥夜:长夜。
② 亭皋:水边的平地。

前段第一句的"遥夜"就是长夜;"亭皋"一作"庭皋","皋"指水旁高地,所以"庭"不如"亭";"信步"就是散步。第四句的"风约住"就是风来雨止的意思。"朦胧淡月云来去"是把云拟人化了。

后段第一句"桃李依稀"一作"桃李依依",又是把桃李拟人化了,说成"依依不舍"的意思;而"依稀"却只是客观描写,说桃李稀疏,模模糊糊。第二句"谁上秋千"是动态,意思是问在这暮春时节,谁还有

Butterflies in Love with Flowers

In long long night by waterside I stroll with ease.

Having just passed the Mourning Day,

Again I mourn for spring passing away.

A few raindrops fall and soon

They're held off by the breeze.

The floating clouds veil and unveil the dreaming moon.

Peach and plum blossoms can't retain the dying spring.

Who would sit on the swing,

Smiling and whispering?

Does she need a thousand outlets for her heart

So as to play on earth its amorous part?

心情去打秋千呢？"低低语"一作"轻轻语"，"低低"更重客观，"轻轻"更重主观，但是差别不大。最后两句"一寸芳心"一作"一片芳心"，"一片"似乎不如"一寸"，和下文的"千万缕"形成更强烈的对比；"芳心"一作"相思"，那就更加具体，但和上文的"伤春"联系少，而从全词看来，主题应是伤春，如作"相思"，则"千万缕"可作"千万绪"，表示千头万绪，"剪不断，理还乱"的意思。

喜 迁 莺

晓月坠,
宿云微,
无语枕频欹①。　　　　　　　① 欹(qī):斜躺着。
梦回芳草思依依,
天远雁声稀。

啼莺散,
馀花乱,
寂寞画堂深院。
片红休埽②尽从伊,　　　　　② 埽(sǎo):扫。
留待舞人归。

　　这首《喜迁莺》上片的英译文可以还原为中文如下:"清晨的残月落下去了,几片残云还在天上飘浮。李后主倚着枕头默默无言,他和梦中怀念的芳草美人依依不舍地分离了,却听不见远方鸿雁的鸣声。"下片说:"黄莺不再歌唱,晚春花在风中飘荡,堂皇富丽的画堂深院整夜都显得冷静寂寞。地上的片片红花不要扫掉,让残红留在那里等待能歌善舞的人儿回来吧!"

Migrant Orioles

The morning moon is sinking;
Few clouds are floating there.
I lean oft on my pillow with no word.
E'en in my dream I'm thinking
Of the green grass so fair,
But no wild geese afar are heard.

No more orioles' song,
Late vernal blooms whirl round.
In courtyard as in painted hall
Solitude reigns the whole night long.
Don't sweep away the fallen petals on the ground!
Leave them there till the dancer comes back from the ball!

捣 练 子

云鬓乱,
晚妆残,
带恨眉儿远岫攒①。
斜托香腮春笋嫩,
为谁和泪倚阑干?

① 攒:聚集。

许渊冲译李煜词选

如果把词中的美人看成小周后,诗意就要丰富得多。"云鬓"是指美人乌云般的鬓发,"晚妆残"则指花开堪摘无人摘,所以"带恨眉儿"紧紧皱起,好像耸起的山峰。"斜托香腮"是美人相思的特写,以"春笋"比作美人的手指,又尖又细又柔嫩。但美人含泪倚栏,相思的是谁呢?这就像李白《怨情》中说的:"美人卷珠帘,深坐颦蛾眉。但看泪痕湿,不知心恨谁?"不过李白刻画的是坐着的美人,愁眉不展,泪痕未干,道具只有内景珠帘。后主刻画的是站着的美人,愁眉有如远山,还有云鬓晚妆陪衬,眼泪盈眶,又有香腮玉指烘托,道具则有外景栏杆,形象要比李白的美人鲜明多了。

Song of the Washerwoman

Dishevelled cloudlike hair,

The evening dress undone,

Like distant hills arch the frowning brows of the fair one.

Her fragrant cheeks lean to one side

Against her tender hands.

For whom glisten her tears undried?

Against the balustrade she stands.

柳 枝 词

风情渐老见春羞,
到处芳魂感旧游。
多谢长条似相识,
强垂烟穗拂人头。

　　这首《柳枝词》是写给宫女庆奴的。英译文可以解释如后:"在春风秋月中,她的年华逐渐增长,现在看到鲜艳的春花,她也不好意思再去争艳比美了,反会自惭形秽。每看到一朵落花,就会觉得是一个死去了的老朋友的芳魂。只有杨柳婀娜多姿的长条绿枝还会低下头来招呼她,用那如烟似云的柳梢来抚摩她那仿佛不减当年的脸颊。"比较一下原文和译文,可以看出译文比原文具体多了。原文第一句的"风情"意思比较模糊,一般是指风月之情,译文则具体说是春风秋月使她变老了。第二

Willow Branch Song

Oldened by wind and moon, at sight of spring she's shy;
She sees in every falling bloom an old friend die.
Thanks to the branches long that nod to her with grace,
She feels their cloudlike tips caress her still fair face.

句的"芳魂"和"旧游"解释也不明确,译文却明确指出是曾经赏心悦目而现已死去的花魂,并且把花拟人,说成是死去的老朋友。第三句把柳枝也拟人化,说它婀娜多姿地向她点头,这就生动地点明了主题是柳枝。第四句再把柳枝拟人,把原文的"拂人头"具体化为抚摩不减当年的脸颊,就使宫女庆奴也进入主角的地位。这些用的都是深化的翻译方法,可以刻画出李后主多情善感、温存体贴的特点。

浣溪沙

红日已高三丈透,
金炉次第添香兽,
红锦地衣随步皱。

佳人舞点金钗溜①,
酒恶②时拈花蕊嗅,
别殿遥闻箫鼓奏。

① 溜:滑落。
② 酒恶:《诗话总龟》中作"酒渥"。亦称"中酒",指酒意微醉。这是当时方言。

这是李后主描写自己在位期间的寻欢作乐图。前段第一句"透"是说太阳已经高高地照耀在三丈多高的旗杆上,表示李后主通宵狂欢。第二句的"香兽"指做成兽形的香料或燃料,这句是说宫女们还在接二连三地把香料加到金质的香炉中去燃烧,使舞庭中香气氤氲。第三句是说红色丝织的地毯随着舞女的步子起皱。前段三句第一句写外景,兼写时间,第二、三句写内景,第三句兼写主角;"金炉香兽""红锦地衣"写出了宫廷的豪华。

Silk-washing Stream

Above the thirty-foot-high flagpole shines the sun;
Incense is added to gold burners one by one;
Red carpets wrinkle as each dancing step is done.

Fair dancers let gold hairpins drop with rhythm fleet;
Drunk, maidens oft inhale the smell of flowers sweet;
From hall to hall flute's heard to play and drum to beat.

后段前两句是主角的特写。第一句中的"舞点"是舞乐中表示节奏的鼓点,一作"舞急",是说舞女跳得太急,连头上的金钗也溜下来了。第二句中的"酒恶",就是喝酒喝到带醉的时候,舞女时时拈起花来闻闻,可以解醉。最后一句说:从其他宫殿也传来了吹箫击鼓、欢乐达旦的声音。这说明歌舞升平不是个别现象。

一 斛 珠

晚妆初过,
沈檀①轻注②些儿个。
向人微露丁香颗③,
一曲清歌,暂引④樱桃破⑤。

罗袖裛⑥残殷色可,
杯深旋⑦被香醪涴⑧。
绣床斜凭娇无那,
烂嚼红茸,笑向檀郎⑨唾。

① 沈檀:即沉檀,女子用来梳妆的颜料。
② 轻注:轻轻地化妆。
③ 丁香颗:女子的牙齿。
④ 引:使得。
⑤ 樱桃破:古人用樱桃形容女子的嘴唇。破:张开。
⑥ 裛(yì):这里指香气。
⑦ 旋:很快。
⑧ 涴(wò):弄脏。
⑨ 檀郎:西晋文人潘安,出名的美男子,小名檀奴,后世文人因以"檀郎"为妇女对夫婿或所爱的男子的美称。

这首《一斛珠》是李后主描绘一个歌女的名作。前段第二句中的"檀"是浅绛色的唇膏,"沈檀"是深绛色的唇膏;"轻注"是轻轻注入,就是涂上唇膏;"些儿个"是"一点点"的意思。第三句中的"丁香颗"指的是美人舌,这句是说微微向人露出舌头。最后一句说的是美人张开了樱桃小口。前段描绘的是美人唱歌的神态。

后段第一句说:歌女的衣袖被打翻了的残酒染成了深红色,可是她并不放在心上,表示她已经醉了,这是描绘醉酒的第一层。第二句说:

A Casket of Pearls

Donning her evening dress, she drips

Some drops of sandalwood stain on her lips,

Which, cherry-red, suddenly open flung,

Reveal her tiny clove-like tongue.

She sings a song in her voice clear.

Careless about her gauze sleeves soiled with crimson stain,

She fills her cup with fragrant wine again.

Drunken and indolent, she leans across her bed,

And chewing bits of bastings red.

She spits them with a smile upon her master dear.

歌女虽然醉了,还要喝酒,把甜酒倒满了深深的酒杯,这是描绘醉态的第二层。第三句中的"娇无那"写歌女无可奈何、不能自主的娇态。她喝醉了,本来应该上床去睡,她却不肯,还要再喝,只肯歪歪倒倒,斜靠在床上撒娇,这是描绘美人醉酒的第三层。最后两句是一个放大了的特写镜头,写歌女醉酒到了不顾尊卑上下的地步(也有可能是借酒撒娇),竟咬碎了红色绒线,笑着吐向李后主。这是描绘美人醉态的最深层,简直可以和京剧中的《贵妃醉酒》相媲美。

玉 楼 春

晚妆初了①明肌雪，
春殿嫔娥鱼贯列。
凤箫吹断水云间，
重按霓裳②歌遍彻。

临春谁更飘香屑？
醉拍阑干情味切。
归时休放烛花红，
待踏马蹄清夜月。

① 初了：刚刚弄好。

② 霓裳：《霓裳羽衣曲》。

　　这首《玉楼春》也写南唐宫中的歌舞生活。英译文把原文第一、二句的次序颠倒了，第一句说在春天的宫殿里，宫女们一行接着一行地排列着，第二句才说她们的晚妆露出了雪白的肌肤。第三、四句说她们吹奏的笙箫传到了云涛之间，《霓裳羽衣曲》响彻了天际。下片第一句说花香鸟语的春天来临了，谁还在那里飘洒香气？第二句"醉拍阑干情味切"译成英文意为：醉后我随着心弦的振动而拍起栏杆来。最后两句的译文是说，归去时灯笼里不要点蜡烛，我更喜欢马蹄踏着月色，迸出银光来。这最后一句再创的译法活画出了一个善于及时行乐而又重情爱美的李后主。

Spring in Jade Pavilion

In spring the palace maids line up row after row,
Their evening dress revealing their skin bright as snow.
The tunes they play on the flutes reach the waves and cloud;
With songs of "Rainbow Dress" once more the air is loud.

Who wants to spread more fragrance before fragrant spring?
When drunk, I beat on rails as vibrates my heartstring.
Don't light on my returning way a candle red!
I'd like to see the hoofs reflect moonlight they tread.

菩 萨 蛮

花明月暗笼轻雾，
今宵好向郎边去。
刬①袜步香阶，　　　　　　　　①刬(chǎn)：只，仅仅，这里指光着。
手提金缕鞋。

画堂南畔见，
一向②偎人颤。　　　　　　　　②一向："一晌"。即一时，刹时间。
奴为出来难，
教君恣意怜。

　　这首词是李后主用小周后的口气写他们二人幽会的名作。前段第一句写外景，兼写约会的时间。"花明"是说花开得正好，"月暗"指出是夜晚，"笼轻雾"是倒装；全句是说月色朦胧，仿佛有轻雾笼罩着。第二句是说这是千金难买的时光，别人看不清楚，正好溜出去赴后主的约会。下面两句是著名的美人夜行图："刬袜"是只穿袜子不穿鞋，踮着脚走下台阶的意思；"金缕鞋"没有穿在脚上，而是提在手里，怕人听见脚步声。

Buddhist Dancers

Bright flowers bathed in thin mist and dim moonlight,
'Tis best time to steal out to see my love tonight.
With stocking feet on fragrant steps I tread,
Holding in hand my shoes sown with gold thread.

We meet south of the painted hall,
And trembling in his arms I fall.
"It's hard for me to come o'er here,
So you may love your fill, my dear!"

  后段第一句"画堂南畔见",是指出约会的地点。下一句的"一晌"是刹那间,"偎人颤"是说像小鸟依人似的全身颤抖,这句是著名的特写镜头。如果说这是绘形的照片,那最后两句就是绘声的录音带。"奴"是小周后自称,"出来难"是因为担心她姐姐大周后知道,"恣意"是"随心所欲","怜"是"怜香惜玉"的意思。这首词是一千年前描写真实爱情的绝妙好词。

菩 萨 蛮

蓬莱院闭天台女①,　　　　　　① 天台女:仙女。
画堂昼寝人无语。
抛枕②翠云光,　　　　　　　　② 抛枕:人熟睡之后把枕头抛在一
绣衣闻异香。　　　　　　　　　　边。

潜来③珠锁动,　　　　　　　　③ 潜来:偷偷地进来。
惊觉银屏梦。
脸慢④笑盈盈⑤,　　　　　　　④ 慢:同"曼",漂亮的容颜。
相看无限情。　　　　　　　　　⑤ 盈盈:仪态优美。

　　前段第一句的"蓬莱"是仙山,这里指南唐后妃居住的宫院;"天台"也是山名,相传晋朝有人入天台山采药,遇二仙女,这里的"天台女"指美如天仙的小周后;"闭"就是门上加锁,使小周后"出来难"。第二句写小周后在画堂深院午休,一片静寂。下两句是一幅美人午睡图,"抛枕"是说头发被抛散在枕上,"翠云光"就是指碧玉簪住的头发光彩照人。这一句写形写色,下一句写衣写香。

Buddhist Dancers

An angel's kept secluded in the fairy hill;

She naps in painted hall, so quiet and so still.

Beside the pillow spreads her cloudlike hair pell-mell;

Her broidered dress exhales an exotic sweet smell.

I come in stealth and click the locked pearly door,

Awaking her behind the screen from lovely dreams.

I can't get in but gaze at her face I adore;

She smiles at me, her eyes send out amorous beams.

后段第一句"潜来"是说后主悄悄来了;"珠锁"是用玉环钩连制成的,所以后主进不去。第二句中的"银屏"指白色而有光泽的屏风。这两句是说后主悄悄推门,珠锁一响,惊醒了在屏风后午睡的小周后。但是她也出不来,所以只露出了一张天真烂漫的笑脸。最后一句说两人近在咫尺,可望而不可即,只好眉目传情了。这是一幅绝妙的秋波寄恨图,一曲"此时无声胜有声"的恋歌。

谢 新 恩

秦楼不见吹箫女,
空余上苑风光。
粉英金蕊自低昂。
东风恼我,
才发一衿香。

琼窗梦笛留残日,
当年得恨何长!
碧阑干外映垂杨。
暂时相见,
如梦懒思量。

王国维校勘记:"此首实系《临江仙》调。"内容是悼念大周后的。

前段第一句的"秦楼",指大周后住的王宫内院,大周后已病故,李后主此时还没有续娶小周后,所以见景伤情。第二句的"上苑"是帝王饲养禽兽的林园,景色美好,但因物是人非,园林也黯然失色了。第三句把花拟人化,说花一会儿低下头去,一会儿抬起头来,可是大周后不能再同李后主来观赏了。第四句"东风恼我",又把东风拟人化,可能是因为大周后已死,李后主居然忍心一个人来赏花所以东风也怨恨了。最后一句中的"一衿"指的是衣襟,衣襟是成双的,比喻后主夫妇

Gratitude for New Bounties

In our pavilion my flautist can't be found,

Leaving the scene of royal garden unenjoyed,

The pink and golden flowers nodding to the ground.

By the east wind I feel annoyed;

It brings but half spring fragrance round.

The dreaming window keeps the sun's departing rays.

How I regret those bygone days!

With railings green a weeping willow plays.

We met only to part;

It's like a dream in vain to keep in heart.

比翼齐飞;而现在后主失伴,花也只开一半,不肯尽吐芬芳。

  后段第一句的"琼窗"指的是窗后的人,但也不妨把窗拟人化,说琼窗在梦中听见笛声,连残阳也听得不忍离去。回想当年夫妇二人一同吹箫作乐,此情此景,多么令人留恋!此时此刻,多么遗恨绵绵!但是醒来之后,只见窗外垂泪的杨柳在轻轻拂着碧玉栏杆,仿佛也在和残阳依依惜别似的。回想自己和大周后,正是相见时短别时长,往事如梦,令人不忍思量!

虞 美 人

风回小院庭芜①绿,　　　　　　　① 芜:杂草。
柳眼春相续。
凭阑半日独无言,
依旧竹声新月似当年。

笙歌未散尊罍②在,　　　　　　　② 罍(léi):酒器。
池面冰初解。
烛明香暗画楼深,
满鬓清霜残雪思难任③。　　　　　③ 难任:很难忍受。

　　前段第一句的"风回",应该是指春风回来,所以庭中的草才变绿了。第二句的"柳眼",指初长出来的柳芽;"春相续"是说今年的春天接上去年的春天。春回大地,当年与李后主同赏春光的大周后却一去不复返了,所以第三句说"凭阑半日独无言"。大周后已死,无人可以共语,不免思念当年共语的人。尤其使后主难过的是不但风景依旧,而且笙歌也和当年一样,甚至曾经照过旧时人的一钩新月也挂上柳梢头,叫人怎能不见景生情,悲从中来!
　　后段第一句写内景,第二句回到阑外,和前段第一句"风回"遥相呼应。

The Beautiful Lady Yu

The vernal breeze returns, my small courtyard turns green;
Again the budding willows bring back spring. I lean
Alone on rails for long without a word.
As in the bygone years the crescent moon is seen
And songs of flute are heard.

The banquet not yet closed, music floats in the air;
Ice on the pond begins to melt.
In deep painted hall with candles bright, dim perfume's smelt.
The thought of age snowing white hair
On my forehead is hard to bear.

因为春风吹皱池水,冰已开始融解,而李后主心中的思念,却无法排解。这一句是借外景写人,形成对比。第三句是借内景写人:回到室内,只见明烛高照,却不见当年的大周后;炉香暗淡,有如大周后的一缕芳魂;画堂空荡荡的,更加显得幽深。这一"明"一"暗"一"深",写的既是客观的景物,也是李后主内心的感觉。最后一句是对人物特写的大镜头:"满鬓清霜残雪"写的是外形,是说满头鬓发都花白了;"思难任"是写内心。此情此景,叫李后主如何受得了!

临 江 仙

樱桃落尽春归去,
蝶翻金粉双飞。
子规啼月小楼西,
玉钩罗幕,
惆怅暮烟垂。

别巷寂寥人散后,
望残烟草低迷。
(何时重听玉骢①嘶?　　　　　① 玉骢:骏马。
扑帘飞絮,
依约梦回时!)

　　前段第一句写景,说春天归去,好时光一去不复返,可能是城破国亡的象征。第二句的"金粉"指蝴蝶的金色翅膀,说蝴蝶"不知亡国恨",还在比翼双飞呢。第三句的"子规"就是杜鹃,在西方是快乐的鸟,在我国却只发出哀鸣,常说"杜鹃啼血",这里和蝴蝶形成对比。第四句的"罗幕"就是珠帘,表示王宫的华贵,和第五句的"暮烟"也形成了对比。珠帘、暮烟都戴上了惆怅的面纱。

Immortals at the River

All cherries fallen, gone is spring;

The golden butterflies waft on the wing.

West of the bower at the moon the cuckoo cries;

The screen of pearls sees dreary evening smoke rise.

Loneliness reigns behind the closed door

When the court is no more.

I gaze on mist-veiled grass.

When may I come back to hear my steed neigh? Alas!

The willow down clings to the screen, it seems.

My soul could only come back in dreams.

后段第一句写近景,和前段第四句呼应,说不但珠帘垂下,门也掩上,因为人已散了,剩下的只有寂寥。第二句写远景,和前段第五句呼应,说暮烟沉沉,芳草萋萋,迷离恍惚,象征前途渺渺茫茫。往事不堪回首,什么时候才能再听到自己的骏马嘶鸣呢?最后看到帘外的飞絮随风飘荡,无枝可依,有家难归,象征着自己的命运,要回故园只有在梦中了。

词中后三句据《墨庄漫录》补。

破 阵 子

四十年来家国,
三千里地山河。
凤阁龙楼连霄汉,
玉树琼枝作烟萝。
几曾识干戈!

一旦归为臣虏,
沈腰潘鬓①消磨。
最是仓皇辞庙日,
教坊犹奏别离歌。
垂泪对宫娥。

① 沈腰潘鬓:沈指沈约。指代身形日渐消瘦。潘:潘岳。后以潘鬓指代中年白发。

前段回忆往事:第一句说时间。第二句说空间。第三、四句特写京城的宫苑,"凤阁龙楼"就是用彩色画了龙凤的宫殿楼阁,"连霄汉"是说楼台高耸,直冲九霄云外;"玉树琼枝"是形容御花园中的树木浓荫蔽日,万绿丛中露出金碧辉煌的亭台楼阁,连成一片,仿佛是树林中长出来的一般,朦朦胧胧,使人恍惚如入仙境。最后一句是说在这样美丽的王宫御园内长大的李后主,怎么会用武器打仗呢?

Dance of the Cavalry

A reign of forty years

O'er land and hills and streams,

My royal palace scraping the celestial spheres,

My shady forest looking deep like leafy dreams,

What did I know of shields and spears?

A captive now, I'm worn away:

Thinner I grow, my hair turns grey.

O how can I forget the hurried parting day,

When by the music band the farewell songs were played

And I shed tears before my palace maid!

后段前两句写现实：忽然家破国亡，成了俘虏，过着囚禁生活，怎能不被折磨得变老变瘦呢？"沈腰"是指沈约的腰，沈约病了一百几十天，腰带常常要"移孔"，所以"沈腰"就是腰身消瘦的意思；"潘鬓"指潘岳斑白的头发，意思是变老了。最后三句又回忆城破国亡之日，自己不得不辞别供奉祖先神位的宗庙，而"教坊"的乐队却"不知亡国恨"，还照旧演奏起"别离歌"来，叫人听了怎能不心碎肠断，当着宫女的面，就流下了眼泪呢！

梦 江 南

一
多少恨,
昨夜梦魂中!
还似旧时游上苑,
车如流水马如龙,
花月正春风。

二
多少泪,
断脸复横颐①。 ① 颐:脸颊。
心事莫将和泪说,
凤笙休向泪时吹,
肠断更无疑。

　　王夫之《姜斋诗话》中说,以乐景写哀,以哀景写乐,倍增其哀。第一首《梦江南》就是"以乐景写哀"的典型。第一句"多少恨"可以是问句,也可以不是,但问句感情更强烈。第二句作为回答,就更令人梦断魂销。但第二句也可以和第一句合成一问,那就是说:昨夜梦见什么了?第三句是回答,也可以说"游上苑"是"梦"的具体化。而第四句又是"游上苑"的具体化。如果说第四句是借车马写人物,那第五句就是借景物写欢情:花好

Dreaming of the South

I

How much regret

In last night's dream!

It seemed as if we were in royal garden yet:

Dragonlike steeds and carriages run like flowing stream;

In vernal wind the moon and flowers beam.

II

How many tears

Crisscross my cheeks between my ears!

Don't ask about my grief of recent years

Nor play on flute when tears come out,

Or else my heart would break, no doubt!

月圆，春风和煦。但那都是"旧时"的事了。如今却是"门前冷落车马稀"，"春花秋月"都已了。今昔对比，乐景反而"倍增其哀"，尽在不言中了。

  第二首特写泪脸："断脸复横颐。"眼泪纵横交流，颊下额上泪痕道道，仿佛把脸都划断了，可见眼泪之多。因此，即使有满腔的心事，也不要和着眼泪倾吐，以免泪流不止。吹笙本来是为了发泄痛苦，减轻悲哀，但在流泪时吹笙，眼泪只会越吹越多，一定会吹得心碎肠断的。

子 夜 歌

人生愁恨何能免?
销魂独我情何限①!
故国梦重归,
觉来双泪垂!

① 何限:没有界限。

高楼谁与②上?
长记③秋晴望。
往事已成空,
还如一梦中!

② 谁与:和谁。
③ 长记:永远记着。

  这首词又名《菩萨蛮》,是李后主到汴京后抒写亡国哀思的作品。
  前段第一句是泛指,说人只要闲着总免不了忧愁,免不了有恨事。第二句具体到词人自己身上,说为什么唯独我的愁恨特别多,多到了无限的地步?为什么我的愁恨特别深,深到了魂销肠断的程度?第三句是间接的回答:因为词人是一个亡国的君主,夜里又梦见回到了失去的故国,或者又在御花园里寻欢作乐,又看见车水马龙,又沉醉在花月春风之中。所以醒来又不免"多少泪,断脸复横颐"!

Midnight Song

From sorrow and regret our life cannot be free.
Why is this soul-consuming grief e'er haunting me?
I went to my lost land in dreams;
Awake, I find tears flow in streams.

Who would ascend with me those towers high?
I can't forget fine autumn days gone by.
Vain is the happiness of yore;
It melts like dream and is no more.

前段写恨、写梦、写泪;后段头两句写忆、写事。回想自己当君主时,常同后妃登高望远,饮酒作乐;如今"一旦归为臣虏",还有谁同自己去登"连霄汉"的"凤阁龙楼"呢?只有在记忆中回顾当年秋高气爽、晴空万里的江南景象了。最后说到"往事"不堪回首,"还如一梦",又从夜里梦游故国回到现实之中,再从现实中发觉人生如梦,写出了词人无可奈何的心情。

虞美人

春花秋月何时了?
往事知多少!
小楼昨夜又东风,
故国不堪回首月明中。

雕栏玉砌应犹在,
只是朱颜改。
问君能有几多愁?
恰似一江春水向东流!

　　李后主被俘到汴京后,在生日时饮酒填词,宋太宗一怒之下,下令用牵机药把他毒死。因此,这首《虞美人》是用生命为代价写出来的。王国维说:"后主之词,真所谓以血书者也。"后主的经历概括了人生最深刻的生死之悲,最广阔的兴亡之感。这首词超越了个人的悲痛,具有普遍的意义,是唐宋词中的珍品。
　　上阕第一句凭空而来,出人意料:"春花秋月"引起他对花前月下的美好回忆,而现在却身为臣虏,在悲痛中回忆欢乐的往事,那就更觉

The Beautiful Lady Yu

When will there be no more autumn moon and spring flowers

For me who had so many memorable hours?

The east wind blew again in my garden last night.

How can I bear the cruel memory of bowers

And palaces steeped in moonlight?

Carved balustrades and marble steps must still be there,

But rosy faces cannot be as fair.

If you ask me how much my sorrow has increased,

Just see the overbrimming river flowing east!

得"故国不堪回首"的悲痛了!

　　下阕第一句是对"故国"南唐宫殿的特写:南唐的宫殿应该还在,但宫中的美人呢?小周后已经入宋宫随侍了。物是人非,今昔对比,怎不叫李后主悲痛欲绝!最后,只好无可奈何地问自己:你要知道我有多么悲哀吗?那只消看无穷无尽、不舍昼夜、滚滚东流的长江水。真是"天长地久有时尽,此恨绵绵无绝期"!

浪淘沙

帘外雨潺潺①,
春意阑珊。
罗衾不耐五更寒。
梦里不知身是客,
一晌贪欢。

独自莫凭栏,
无限江山。
别时容易见时难。
流水落花春去也,
天上人间。

① 潺潺 (chán):水缓缓流动。

前段第一句写外景,第二句写内心的感觉,因为国亡家破,无心赏春,只能略感春意而已,而春意也随着潺潺的雨水一点一滴地消逝了。第三句写内景:薄薄的丝绸被子怎么受得了五更天的寒冷呢?加上内心的悲痛,更觉得雨露风霜相逼,于是只好在梦中寻求解脱,暂时忘掉寄人篱下的痛苦,但这苟且偷安的睡梦又被潺潺的雨声、五更的寒意打破。醒来回想梦中贪欢的片刻,觉得更加悲痛,正是以乐衬哀,反倍增其哀!

Ripple Sifting Sand

The curtain cannot keep out the patter of rain;

Springtime is on the wane.

In the deep night my quilt is not coldproof.

Forgetting I am under hospitable roof,

In dream I seek awhile for pleasure vain.

Don't lean alone on balustrades

And yearn for boundless land which fades!

Easy to leave it but hard to see it again.

With flowers fallen on the waves spring's gone away,

So has the paradise of yesterday.

  后段第一句"独自莫凭栏"是说因为凭栏远望，不免要遥想故国的大好河山，而离开故国容易，再想回去就难上难。故国也像春天，随着流水落花一去不复返了。最后"天上人间"四字有各种解释，可以理解为"天上"指梦中天堂般的帝王生活，"人间"指醒后的现实。"流水"与"雨潺潺"，"落花"与"阑珊"前后呼应，使这首词成了李后主的千古绝唱。

乌 夜 啼

林花谢了春红,

太匆匆!

无奈朝来寒雨晚来风。

胭脂泪,留人醉,

几时重?

自是人生长恨水长东。

这是李后主降宋后写的一首情景交融、物我两忘的名作。

前段第一句的一个"谢"字,把"花"和"红"都写活了,都拟人化了。"花"自然拟后主本人,"春红"指帝王生活。所以这句看起来是写景,但是景中有人。最后又是人物合一,说春花奈何不了早晚的风雨,其实是说后主自己对朝朝暮暮的风吹雨打无可奈何。因此,前段都是借景写情。

后段第一句的"胭脂"可能指小周后或南唐的嫔妃宫女,她们脸上搽了胭脂,国破家亡之后,终日以泪洗面,就变成"胭脂泪"了;但也

Crows Crying at Night

Spring's rosy colour fades from forest flowers

Too soon, too soon.

How can they bear cold morning showers

And winds at noon?

Your rouged tears like crimson rain

Will keep me drink in woe.

When shall we meet again?

The stream of life with endless grief will overflow.

可能是指红花带雨,落英缤纷,犹如胭脂泪一般,那就是借人写景、寓情于物了。不管是美人或美景,都令李后主沉醉其中;但是这种赏心乐事,何时能再有呢?可惜美好的生活也像"谢了春红"的落花一样,随着"一江春水向东流",一去不复返了。最后,又再推进一步,使人的恨和花的恨都融入滚滚东流的江水,无穷无尽地在天地之间奔流,使李后主个人的悲痛冲破了亡国之君的小圈子,冲破了时间和空间的限制,和大自然的落花流水融为一体,天长地久地传诵人间。

浪淘沙

往事只堪哀,

对景难排。

秋风庭院藓侵阶。

一任珠帘闲不卷,

终日谁来。

金锁^①已沉埋,

壮气蒿莱^②。

晚凉天净月华开。

想得玉楼瑶殿影,

空照秦淮^③。

① 金锁：即铁锁，三国时吴国用铁锁封江来对抗西晋。或以为"金锁"即"金琐"，指南唐旧日宫殿。也有人把"金锁"解为金线串制的战甲，指代南唐对抗宋兵。
② 蒿莱：野草，名词用作动词，意为淹没野草之中，暗指消沉、衰落。
③ 秦淮：秦淮河。

  上阕第一句的"往事"和《虞美人》中的"往事"可能不同，前者写哀，后者写乐。第二句的"景"也和《虞美人》中不同：一个是"春花秋月"的良辰美景，一个是"秋风庭院"难以排解的悲哀，加上苔藓侵占了台阶，使得悲哀更难排解，又加深了一层。这一句是客观的描写，下一句写主观的消极态度：不卷珠帘。两句从主、客观两方面说明了整日没有人出入的事实，而事实又加深了词人的悲哀。

  下阕第一句的"金锁"是指李后主穿的黄金锁子甲。第二句是说，

Ripples Sifting Sand

It saddens me to think of days gone by,
With old familiar scenes in my mind's eye.
The autumn wind is blowing hard
O'er moss-grown steps in deep courtyard.
Let beaded screen hang idly unrolled at the door.
Who will come any more?

Sunk and buried my golden armour lies;
Amid o'ergrowing weeds my vigour dies.
The blooming moon is rising in the evening sky.
The palaces of jade
With marble balustrade
Are reflected in vain on the River Qinhuai.

抗宋的雄心也埋没在荒烟衰草之间，化为腐朽的枯草了。这两句写过去，下一句回到眼前的现实：感到的是凉爽的天气，看到的是碧空如洗，月色如银，这里的"月华"是把月比作花。最后，词人又从眼前的景色想到遥远的故都："风阁龙楼""玉树琼枝"，还有秦淮河上的画舫游艇，河畔的歌楼酒肆，好一派繁华景象！但如今自己身为阶下囚，只好"一任"昔日的玉楼瑶殿空对水中的倒影了。

乌 夜 啼

（又名"相见欢"）

无言独上西楼，

月如钩。

寂寞梧桐深院锁清秋。

剪不断，理还乱，

是离愁。

别是一般滋味在心头。

　　前段第一句写人写地。第二句写时间，如钩的新月说明是深秋的夜晚，而一弯残月又象征着残破的江山，增加了环境的凄婉和亡国之君的哀思。第三句是环境的特写："寂寞"是"无言独上"的总结，"梧桐深院"是"西楼"的具体环境，而梧桐落叶又是寂寞的象征，冷清的秋天正是梧桐落叶之时，再加一个"锁"字，说的是梧桐落叶埋葬了冷落凄清的残秋，也象征着寂寞深院锁着亡国之君。所以前段写的是景，而一切景语都是情语。

Crows Crying at Night

Silent, I go up to the west tower alone
And see the hooklike moon.
The plane trees lonesome and drear
Lock in the courtyard autumn clear.

Cut, it won't break;
Ruled, it will make
A mess to wake
An unspeakable taste in the heart.
Such is the grief to part.

　　后段直接抒情，但离愁是抽象的情感，只可意会，不可言传，而李后主却用了有形之物来比喻无形之物。后段第一句"剪不断"是把离愁比作流水。第二句"理还乱"又把离愁比作乱麻，但乱麻还可以用快刀斩，离愁却斩不断，这是用有形之物来衬托无形之物。最后，词人还用无形之物来比无形之物，把离愁比作一种滋味，又用了一个抽象的形容词"别是一般"来形容，说这种滋味既不是酸甜苦辣，也不能算是非酸甜苦辣，只有抽象的"别是一般滋味"才能准确地形容这种抽象的离愁。

乌 夜 啼

昨夜风兼雨,
帘帏飒飒秋声。
烛残漏①断频欹枕,
起坐不能平。

世事漫随流水,
算来一梦浮生。
醉乡路稳宜频到,
此外不堪行。

① 漏：漏壶，古代计算时间的工具，用铜制成。

前段第一句"昨夜风兼雨"，诉诸听觉。第二句再进一层，说风吹雨打，门前的竹帘、窗上的布帘、床上的帐帏，都飒飒作响，仿佛在合唱秋天的哀歌，更增加了词人的哀愁。残月还会再圆，暂亏还会再满；风中残烛烧尽了却不会死灰复燃，风烛残年也不能再度花月春风。词人听到的是"烛残漏断"，只能让时间随着铜壶滴漏，一点一滴地消逝；只能时常靠着枕头，睡也不成，起也不成，坐卧不安，心里不得平静。这是失眠之夜的特写。

Crows Crying at Night

Wind blew and rain fell all night long;
Curtains and screens rustled like autumn song.
The water clock drip-dropping and the candle dying,
I lean on pillow restless, sitting up or lying.

All are gone with the running stream;
My floating life is but a dream.
Let wine cups be my surest haunt!
On nothing else now can I count.

  前段借景写情，后段由情入思。第一句"世事"既指帝王的享乐生活，也指国亡家破的现实，现在都随着"流水落花春去也"，欢乐一去不复返了。第二句总结了浮生如梦的感慨，无论是"春花秋月"，还是"车水马龙"，现在都"还如一梦中"了。第三句的"醉乡"是说只有醉酒这一条路最可靠，不妨经常光顾杏花村里，其他解闷忘忧的办法，恐怕都是此路不通了。由此可见李后主无可奈何的心情。

望 江 南

一

闲①梦远，

南国正芳春。

船上管弦江面绿，

满城飞辊②滚轻尘。

忙杀③看花人。

① 闲：被人囚禁拘押时郁闷的心情和无聊的生活。

② 辊(gǔn)：滚动。

③ 忙杀：忙死，忙坏，形容特别繁忙。

二

闲梦远，

南国正清秋。

千里江山寒色远，

芦花深处泊孤舟。

笛在月明楼。

第一首回忆江南故国的春天。第一句说"闲"，表面上是心情比以前闲适了，但内心深处还在梦想着遥远的南国，不言愁而愁自见。第二句总领下面三句写春的景象，突出一个"芳"字。第三句写南国名胜秦淮河上的美景："船上管弦"之声不绝于耳，而吹笛弹琴的是芳龄佳人；"江面绿"三字则会使人想起白居易《忆江南》中的名句："春来江水绿如蓝。"第四句由江上转写岸上，"车如流水马如龙"，柳絮与芳尘齐飞。车马到哪里去了？第五句做了回答：去看芬芳盛开的花枝。一个"忙"字和词

Gazing on the South

I

My idle dream goes far:
In fragrant spring the southern countries are.
Sweet music from the boats on the green river floats;
Fine dust and willow down run riot in the town.
It is the busy hours for admirers of flowers.

II

My idle dream goes far:
In autumn clear the southern countries are.
For miles and miles a stretch of hills in chilly hue,
Amid the reeds is moored a lonely boat in view.
In moonlit tower a flute is played for you.

人的"闲"形成了鲜明的对比,自己心虽然闲,身却不能自由去看花啊!

第二首回忆南国的秋天,突出一个"清"字。山水是清冷的,远山都绿得人心寒了,这是借山写人、借景写情。水呢?水上一片芦花,也是绿得令人伤感,偏偏在芦花深处还有一叶扁舟。这扁舟象征着李后主的孤独,而芦花深处也象征了他的幽居。这第四句和第一首第三句又形成了鲜明的对比。最后,"笛在月明楼"说明李后主也随着清远的笛声,回到"不堪回首月明中"的故园百尺楼里去了。

捣 练 子

深院静,
小庭空,
断续寒砧①断续风。
无奈夜长人不寐,
数声和月②到帘栊③。

① 寒砧(zhēn):砧,捣衣石,古代洗衣服的工具,这里指捣衣声。

② 和月:随着月光。

③ 帘栊(lóng):挂着竹帘子的格子窗。

这首词很短,描写的客观环境是:院静庭空,寒风袭人,砧声不断,月照帘栊。词人用"无奈夜长人不寐"一句把景物都关联起来,就像一根金线把珍珠连成一串一般。院静所以听到砧声,庭空所以响起风声,夜长不寐,所以看到月照窗上。"数声和月"中的"数"字,一般理解为形容词,是"几"的意思;但也不妨理解为动词,当"计算"讲。失眠之夜,只好计算断续的砧声,计算月光照到几个窗格子上,不是更说明思念之苦吗?

Song of the Washerwoman

Deep garden still,

Small courtyard void.

The intermittent beetles chill

And intermittent breezes trill.

What can I do with sleep destroyed

But count the sound, in endless night,

Brought through the lattice window by moonlight?

谢 新 恩

冉冉[①]秋光留不住,
满阶红叶暮。
又是过重阳,
台榭登临处。

茱萸香坠,
紫菊气,
飘庭户,
晚烟笼细雨。
雝雝[②]新雁咽寒声,
愁恨年年长相似。

① 冉冉(rǎn):渐渐地,形容时间悄悄流逝。

② 雝雝(yōng):即雍雍(yōng),鸟鸣声。

前段第一句的"冉冉"是慢慢消逝的意思,秋天的时光就要无可奈何地过去,谁能留得住呢?到了黄昏,满地红叶堆积,又是重阳登高的节日了。但一登上高处的亭台楼阁,又不免怀念远人。远人是谁呢?如果是在降宋之前,怀念的可能是扣押在汴京做人质的兄弟;如是在降宋后,那就是"独自莫凭栏",或"高楼谁与上"了。从内容看来,降宋前的可能性更大。

后段第一句的"茱萸"是种植物,据说在重阳登高时插上一枝,可以

Gratitude for New Bounties

Who could retain the autumn light fading away?

At dusk the marble steps are strewn with withered leaves.

The Double Ninth Day comes again;

The view from terrace and pavilion grieves.

Fragrance of dogwood spray

And smell of violet flowers

Waft in courtyards and bowers

Veiled in the grizzling mist and drizzling rain.

New-come wild geese cackle old songs chilly and drear.

Why should my longing look alike from year to year?

避邪，所以王维在思乡诗中说："遥知兄弟登高处，遍插茱萸少一人。"第二句的"紫菊"，一说是花，一说是酒，据说饮紫菊酒和插茱萸一样可以避灾，所以这两句是点明节令。这里说香气飘浮在庭院中，加上晚烟漫漫，细雨蒙蒙，更增加了愁思；又听见"雍雍"叫的飞雁，却没有带来远人的音信，雁声一断，仿佛把令人寒心的鸣声都咽下去；而年复一年，都见不到远人，正是"每逢佳节倍思亲"。

临江仙

庭空客散人归后，
画堂半掩珠帘。
林风淅淅①夜厌厌②。
小楼新月，
回首自纤纤③。

① 淅淅：风吹的声音。
② 厌厌(yān)：安静的样子。
③ 纤纤：细柔妩媚的样子。

春光镇在人空老，
新愁往恨何穷④！
金窗力困起还慵。
一声羌笛，
惊起醉怡容。

④ 穷：穷尽，结束，完结。

　　从内容上来看，这首词写的是聚散离合、春光消逝的愁恨之情。第一句的"庭空客散"是倒装句，应该是说宴会散了，客人走了，庭院空了，只剩下了自己，不禁兴起悲欢离散之感。第二句"画堂半掩珠帘"又是倒装句，应该是说珠帘半掩画堂。这句是写堂内的环境，自己在空荡荡的画堂中，因为客人刚散，珠帘没有完全放下，只是半垂半卷。第三句从室内转到室外庭中的环境，林中吹来断断续续的清风，在漫漫的长夜里，就像淅淅沥沥的雨一般，更增加了人的愁思。再回过来看帘外，一

Immortals at the River

The courtyard is deserted when the guests are gone;
I'm left alone,
The painted hall half veiled by pearly screen.
A gentle breeze blows from the woods on a night tender;
As I turn back, a crescent moon so slender
Over my little tower can be seen.

Though spring still reigns, man will grow old in vain.
How long
Will sorrow old and new remain?
Behind the golden window I feel weary;
Awake, I still feel drowsy and dreary,
But my drunk face is gladdened by a flautist's song.

弯眉月斜照在小楼上,又不免兴起月有圆缺、人有离合这种淡淡的哀愁。

后段第一句抒情,说春光常在,人却随着时光变老,无可奈何。第二句的"新愁往恨"泛指时光流逝,青春不再。第三句是补上的,可能不大衔接,说困了,就在金碧辉煌的窗子后面昏昏入睡,起来时还是懒洋洋的。忽然听见羌笛美妙的乐声才从醉梦中完全惊醒过来,脸上露出了一丝笑容。这就是说音乐可以解忧。

谢 新 恩

樱花落尽春将困,
秋千架下归时。
漏暗斜月迟迟,
花在枝。

…………

彻晓纱窗下,
待来君不知。

这是王国维辑补的《谢新恩》中的第五首,写的可能是李后主对美人的相思。第一句"樱花落尽"交代了时间——暮春时节。第二句"秋千架下"写的是室外景,"秋千"应该是指美人荡过的秋千,"归时"却可能是指词人走过秋千架下,触景生情,想起了荡秋千的美人,不免情思绵绵。"漏暗"二字可能是指铜壶滴漏,在暗处一点一滴地报着时辰;而一弯斜月依依不舍地照着花枝。这就说明词人是月夜归来。斜月尚且知道爱美,对着花枝流连忘返,更何况多情善感的词人呢?

Gratitude for New Bounties

All cherry blossoms fallen, weary will be spring,

Coming back, I pass by your swing.

The hidden water clock still punctuates late hours;

The slanting moon sheds light on the branches with flowers.

…

Under your window I am waiting all night long.

But have you heard my heart sing its love song?

后段开始缺了十二个字。从下文看来,可能是词人借景写情之句,所以最后两句是:"彻晓纱窗下,待来君不知。"既然"彻晓"不眠,那缺的两句就很可能是写自己归来之后,拂晓之前的情景了。"纱窗"既有可能是指美人窗下,那词人就在窗外月下,徘徊等待;也有可能是词人回到室内,在纱窗下等待美人,"花明月暗笼轻雾,今宵好向郎边去"。在这种情况下,问题就不是哪种解说更真,而要看哪种翻译更美了。

长 相 思

一重山,两重山,
山远天高烟水寒,
相思枫叶丹。

菊花开,菊花残,
塞雁高飞人未还,
一帘风月闲。

"一重山,两重山",大有一生二、二生三、三生万物的意思,第三句没有再重复下去,而是一下说千山万水,一直绵延到遥远的天边,而千重山之间,升起了碧水化成的寒烟,高入云霄,仿佛害了相思病似的,想化为天上的云。最后一句点题,说这千山万水隔开了词人和他相思的亲人,一直等到枫叶都变红了,两人还不能相见。同时,红叶还可以象征流血的心,说明相思的痛苦。亲人如果是指后主的弟弟从善,那山水就实指汴京和南唐京城之间的千山万水;如果是指小周后,那山水就只是

Everlasting Longing

Hill upon hill,

Rill upon rill,

They stretch as far as sky and misty water spread;

My longing lasts till maple leaves grow red.

Now chrysanthemums blow;

Now chrysanthemums go.

You are not back with high-flying wild geese;

Only the moonlit screen waves in the breeze

And in moonlight with ease.

虚写,等于说咫尺天涯了。

  后段从枫叶写到菊花,这既说明时间已是深秋,也暗示词人的心情像耐寒的菊花一样凋零了。而塞外的雁也飞离天寒地冻的北方,回到温暖的南方去了。据说雁是能传书的飞鸟,但"塞雁"并没有带来亲人的信息,只是高高地飞走了,这又增加了词人心情的凄凉。词人借山水烟树、菊雁风月之景,写出了自己相思之情。

后庭花破子

玉树后庭前,
瑶草①妆镜边。

① 玉树、瑶草:中国古代传说中的仙树仙草。

去年花不老,
今年月又圆。

莫教偏②,
和月和花,
天教③长少年。

② 偏:偏失,这里指变化,改变。

③ 教:使得,让。

　　北宋陈旸《乐书》中说:"《后庭花破子》,李后主、冯延已相率为之,其词如上,但不知李作抑冯作也。"高阳在《金缕鞋》第337页谈到"李煜的那首《后庭花破子》",所以这里译出,作为李后主的存疑作品。

　　李词第一句"玉树后庭前",是从陈后主的"玉树流光照后庭"脱胎而来的。第二句的"瑶草"有好几种解释:仙草、灵芝、香草等。李白《清平调》中有一句"会向瑶台月下逢",可见瑶台是月中仙子居住的地方,因此"瑶草"可能是指月中仙草。"妆镜"是仙子梳妆用的铜镜,

Flowers in the Backyard Broken Form

The jadelike trees in flower
Stand still before the inner bower;
The moonlit jasper grass
Reflected in the mirror of brass.

The flowers of last year
Still fresh now reappear;
The moon this year won't wane
But wax as full again.

Do not favour alone
The flowers and the moon!
O Heaven should have told
The young not to grow old.

镜是圆的,可以用来代指圆月,所以下面第四句是"今年月又圆"。去年花开花残,今年玉兰花并不老;月亮虽然缺过,现在却像妆镜一样暂亏还满。看到玉树妆镜、花好月圆,词人就祝愿天神不要偏爱花月,而要一视同仁,让青春岁月长驻人间。

三 台 令

不寐倦长更，
披衣出户行。
月寒秋竹冷，
风切夜窗声。

这首五言舞曲《三台令》可以和《捣练子》（深院静）同读，一动一静，都可能是前期的作品。第一句"不寐倦长更"似乎是《捣练子》中的"无奈夜长人不寐"的先声，前者只是倦，后者却是苦。倦还可以"披衣出户行"，苦却只得"数声和月到帘栊"。《三台令》中也有"声和月"："月寒秋竹冷"，"秋竹"可能象征李煜因长兄太子的妒忌迫害而心寒；"风切夜窗声"则不像"断续寒砧断续风"，仿佛寒风和夜窗在窃窃私语，诉说李煜内心的苦楚。

Song of Three Terraces

Sleepless, I'm tired of long, long night.
And go outdoors in garment light.
Bamboos shiver neath the cold moon;
The wind whistles and windows croon.

开 元 乐

心事数茎白发,
生涯一片青山。
空林有雪相待,
野路无人自还。

《苏东坡集》题跋卷二中有这首词,东坡题云:"李主好书神仙隐遁之词,岂非遭遇世故,欲脱世网而不得者耶?"这就是说,李后主喜欢佛教,但生长在帝王之家,父亲兄弟争权夺位,矛盾重重,长兄毒死叔父,一个月后,自己也不得善终,后主才能继承国君之位。但为了要奉宋王朝称臣,所以不免有忧患之心。这首词中的"心事"可能包括国事、家事,因此年纪轻轻,就已经长出几根白头发,也可以说是忧患迸发,化成白发了吧。第二句"生涯一片青山",大约是说生活有起有落,宛如遥远的朦胧青山:起如即位、新婚;落如称臣、子殇。所以不如遁入空门,图个干净,这就是"空林有雪相待"。因为荒野世界不是久留之地,还不如"归去来兮"呢!

Happy Times

The sorrow in my mind bursts into a few hairs white;
My life has ups and downs as a stretch of hills blue.
In trackless forest snow waits for me with delight;
I come back from the wild path with no man in view.

浣溪沙

转烛①飘蓬②一梦归,
欲寻陈迹怅人非。
天教心愿与身违。

待月③池台空逝水④,
映花楼阁漫斜晖。
登临不惜更沾衣!

① 转烛:风吹烛火。这里用来比喻世事无常。
② 飘蓬:飘动的蓬草,这里比喻命运艰难,飘泊不定。
③ 待月:暗指夜深人静时和情人幽会。
④ 逝水:流去的水,常用来比喻已流失的时间或过去的陈年往事。

前段第一句的"转烛",是说世事变化像转动走马灯一样;这里可能是暗指他的父亲和四个弟弟争位,他的长兄又和三叔争位,结果一个一个死去。"飘蓬"是说随风飘动的枯草,可能是指自己,虽然继承了国君之位,但是降宋称臣,国势不稳,常在风雨飘摇之中。幸亏他十八岁时,和大周后结了婚,夫妇感情很好,两人都好读书、善音律,过了十年恩爱生活;但大周后一死,他又如大梦方醒,回到现实中来。第二句的"欲寻陈迹",可能是指和大周后的恩爱往事,"怅人非"则是指大周后已经仙逝,所以第三句慨叹不能天从人愿了。

Silk-washing Stream

O flickering candle! O wafting tumbleweed!
I wake from a dream like a reed.
I try to find the traces of the past,
But I regret nothing can last.
Heaven would not fulfil
My wish and will.

The running water passes by the bowers
Where we waited for moonbeams.
The slanting sun sheds light on houses strewn with flowers
Reflected in the streams.
Alone on the height I appear.
How can my sleeves not be wet with tear on tear!

后段具体描写"陈迹":第一句的"待月池台",大致是写池畔台前,他曾和大周后一同等待月出于东山之上;但是如今物是人非,只剩下台前江水空自流了。第二句的"映花楼阁",可能是说龙楼凤阁和红花绿叶相映成趣,也可以说是盛开的红花和耸立的楼阁在水中的倒影;但是如今人去楼空,只剩下"斜晖脉脉水悠悠"。所以旧地登临,又感慨系之,不免泪沾巾了。

应 天 长

李 璟

一钩初月临妆镜,
蝉鬓凤钗慵不整。
重帘静,层楼迥[1],
惆怅落花风不定。

柳堤芳草径,
梦断辘轳金井。
昨夜更阑[2]酒醒,
春愁过却[3]病。

[1] 迥:遥远。

[2] 更阑:夜深残月挂空。

[3] 过却:超过,胜过。

  李璟的儿子李煜说:"先皇(李璟)御制歌词墨迹在晁公留家。"他说的歌词包括这首《应天长》,内容是写春愁,也可能反映了南唐国势日弱,奉表称臣于周世宗的愁恨。

  上片第一句的"一钩初月"可以是写时间,也可以比作一弯愁眉,那就是用美人比自己了。美人懒于梳妆,不整理蝉翼形的鬓发,不插好凤头玉钗,也可以影射国主无心处理国事。因为周世宗一再征伐南唐,李璟迁都洪州(今江西南昌),看到帘幕低垂、鸦雀无声、鳞次栉比的楼

Endless as the Sky

Li Jing

Before her mirror where a crescent moon peeps in,

She's too weary to dress her hair with phoenix pin.

From bowers to bowers

Curtains hang down with ease;

She's grieved to see flowers

Wafting in the breeze.

Dreaming of willow banks green with sweet grass,

She wakes to find no golden well with its windlass.

Sobered from wine at the dead of night still,

She feels more sad with spring than ill.

阁深闭,一片衰败气象,而自己则好比风中落花,在周兵压境的威逼之下,怎能不兴惆怅之感呢?

下片第一句"柳堤芳草径",是怀念迁都之前金陵芳草如茵的柳堤,故宫金碧辉煌的井栏。第三句"昨夜更阑酒醒",如写国主,则春愁还可以暗指国仇家恨,而自己无能为力,不得不俯首称臣,悲哀之深,自然远在病痛之上。

望远行

李璟

玉砌花光锦绣明,
朱扉长日镇长扃①。
夜寒不去寝难成,
炉香烟冷自亭亭。

残月秣②陵砧,
不传消息但传情。
黄金窗下忽然惊,
征人归日二毛生。

① 扃（jiōng）：门栓。

② 秣（mò）陵：南京。

这首《望远行》上片的英译文可以回译为："玉石台阶旁的花看起来和锦绣一样明丽，朱红的门廊却经常整天关闭。深夜的寒冷逐之不去，叫我如何能入睡？一缕一缕寒烟从金炉中升起。"上片从白天写到黑夜，下片从南京写到南昌："在残月下洗衣妇的捣衣声没有带来你（李煜）在秣陵（南京）的消息，却传来了你的思念之情。金碧辉煌的窗户忽然惊动了我的相思之心。等你从远方（南京）回来时，我的头发都已花白了。"以意美而论，译文用了第一人称，比第三人称更能暗示是国君。"征人"用了第二人称，更能暗示是远在秣陵的李煜。以音美而论，全词除第五、六句外，都用内韵。第四句的"亭亭"二字不能直译，这里译成"一缕一缕"，既有意美，又有重复的音美和形美。但以形美而论，为了内韵而把一句分开，这就是为音美而牺牲形似了。

Gazing Afar

Li Jing

Bright flowers on the steps of jade
Look like brocade,
The crimson doorway
Oft closed all day.
The cold won't leave when night is deep.
How can I fall asleep?
From the censer of gold
Rises wreath on wreath of smoke cold.

Under the waning moon the washerwomen who pound
Bring no message but a longing sound.
The golden windows suddenly start
My longing heart.
When you come back from far away,
My hair will have turned grey.

浣 溪 沙

李 璟

手卷真珠上玉钩，
依前①春恨锁重楼。　　　　　　　① 依前：依然。
风里落花谁是主？
思悠悠！

青鸟不传云外信，
丁香空结雨中愁。
回首绿波三楚暮，
接天流。

　　这首《浣溪沙》上片的英译文可以回译如后："我的手把珠帘卷到玉钩上，锁在楼中的春天和从前一样，看起来充满了多少愁恨。是谁在主管风中飞舞的落花？我悠悠不断地思念着。"上片是写楼内所见所思，下片则写楼外："青鸟没有从云外给我带信来，丁香花却徒然使忧愁在雨中凝结。我回过头看到绿色的波涛在暮色中由近而远，滚滚流向天边去了。"这首词和《应天长》都写春愁，但前者更重落花之景，这一首更重思念之情。这首词和《望远行》都用第一人称，都思念远人，但后者更具体，明说"征人"；这一首更空灵，只用落花象征。至于翻译，"悠悠"只说是"不断"，不如《望远行》的"亭亭"译得好；"丁香"那句非常难译，这里说丁香花把忧愁打成了结，倒也形象化；把"三楚"说成是由近而远，也可算是独出心裁。

Silk-washing Stream

Li Jing

My hands have rolled pearl-screens up to their jade hooks.
Locked in my bower as before, how sad spring looks!
Who is reigning over flowers wafting in the breeze?
I brood over it without cease.

Blue birds bring no news from beyond the cloud; in vain
The lilac blossoms knot my sorrow in the rain.
I look back on green waves in twilight far and nigh:
They roll on as far as the sky.

浣溪沙

李璟

菡萏①香销翠叶残，
西风愁起碧波间。
还与韶光共憔悴，
不堪看。

① 菡(hàn)萏(dàn)：荷花。

细雨梦回鸡塞②远，
小楼吹彻③玉笙寒。
多少泪珠无限恨！
倚阑干。

② 鸡塞：亦作鸡禄山。这里泛指边塞。

③ 彻：音乐里大曲中的最后一遍。

这首《浣溪沙》最著名，上片的英译文可以回译如后："荷花谢了，绿叶也凋残了。西风吹得绿水起波，露出了愁容，就像时间在美人脸上划下了皱纹一样，怎么经得起看，怎么经得起看呢？"下片主要写人："在微雨中她梦见了遥远的边塞，就吹起玉笙来，悲凉的声音把小楼都吹凉了。啊！她多么想念（在边塞的）丈夫，流了多少眼泪！最后只好倚栏远望去了。"这首词中最难译的是"还与韶光共憔悴"，直译是荷花和时间一同憔悴，那就看不出荷花、碧波和美人的关系了。译文巧妙地把荷花的凋谢、绿水的波澜、美人的皱纹合而为一，又把西风吹起波澜和时光划下皱纹联系起来，使画面生动活泼了。这可以说是创造性的翻译。

Silk-washing Stream

Li Jing

The lotus flowers fade with blue-black leaves decayed;
The west wind ripples and saddens the water green
As time wrinkles a fair face.
Oh, how can it bear
To be seen, to be seen!

In the fine rain she dreams of the far-off frontiers;
Her bower's cold with music played on flute of jade.
Oh, with how much regret and with how many tears
She leans on balustrade!

图书在版编目（CIP）数据

许渊冲译李煜词选：汉文，英文／（南唐）李煜著；许渊冲编译．－－北京：中译出版社，2021.1（2022.7重印）
（许渊冲英译作品）
ISBN 978-7-5001-6454-8

Ⅰ.①许… Ⅱ.①李… ②许… Ⅲ.①词（文学）－作品集－中国－南唐 Ⅳ.①I222.843.2

中国版本图书馆 CIP 数据核字（2020）第 240382 号

出版发行	中译出版社
地　　址	北京市西城区新街口外大街28号普天德胜大厦主楼4层
电　　话	(010)68359719
邮　　编	100088
电子邮箱	book@ctph.com.cn
网　　址	http://www.ctph.com.cn

出版人	乔卫兵
总策划	刘永淳
责任编辑	刘香玲　张　旭
文字编辑	王秋璎　张莞嘉　赵浠彤
营销编辑	毕竞方

封面制作	刘　哲
内文制作	黄　浩　北京竹页文化传媒有限公司
印　　刷	北京顶佳世纪印刷有限公司
经　　销	新华书店

规　　格	840mm×1092mm　1/32
印　　张	3.25
字　　数	90千
版　　次	2021年1月第1版
印　　次	2022年7月第4次

ISBN 978-7-5001-6454-8　定价：39.00元

版权所有　侵权必究
中 译 出 版 社